Moyens

D'OBTENIR

LE BIEN VOULU PAR LE ROI,

ET DE PARER AUX MAUX

PRODUITS PAR M. DE VILLÈLE,

Par Armand SEGUIN,

MEMBRE C¹. DE L'ACADÉMIE ROYALE DES SCIENCES.

« Une indemnité fractionnelle, un simple secours accordé au malheur
« n'atteindrait pas le but que le Roi se propose, et vers lequel doivent tendre
« nos efforts .. Les anciens propriétaires seraient encore dépouillés... il faut
« donc que le capital de l'indemnité représente approximativement le capital
« de la valeur perdue : alors les divisions et les haines s'éteindraient sans re-
« tour; les deux classes de propriétés verraient s'opérer la fusion conciliatrice;
« et l'union et la paix, sources premières de toutes les prospérités, s'affermi-
« raient. »   (*Communication officielle.*)

NOUVELLE ÉDITION.

PARIS.

DE L'IMPRIMERIE DE C. THUAU,

SUCCESSEUR DE FEUGUERAY,

RUE DU CLOÎTRE SAINT-BENOÎT, Nº 4.

JUIN 1827.

MOYENS

D'OBTENIR

LE BIEN VOULU PAR LE ROI,

ET DE PARER AUX MAUX

PRODUITS PAR M. DE VILLÈLE.

MOYENS

D'OBTENIR

LE BIEN VOULU PAR LE ROI,

ET DE PARER AUX MAUX

PRODUITS PAR M. DE VILLÈLE.

Moyens

D'OBTENIR

LE BIEN VOULŨ PAR LE ROI,

ET DE PARER AUX MAUX

PRODUITS PAR M. DE VILLÈLE,

Par Armand SEGUIN,

MEMBRE Cᵗ. DE L'ACADÉMIE ROYALE DES SCIENCES.

> « Une indemnité fractionnelle, un simple secours accordé au malheur
> n'atteindrait pas le but que le Roi se propose, et vers lequel doivent tendre
> nos efforts .. les anciens propriétaires seraient encore dépouillés.... il faut
> donc que le capital de l'indemnité représente approximativement le capital
> de la valeur perdue : alors les divisions et les haines s'éteindraient sans re-
> tour, les deux classes de propriétés verraient s'opérer la fusion conciliatrice ;
> et l'union et la paix, sources premières de toutes les prospérités, s'affermi-
> raient. »   (*Communication officielle*)

NOUVELLE ÉDITION.

PARIS.

DE L'IMPRIMERIE DE C. THUAU,

SUCCESSEUR DE FEUGUERAY,

RUE DU CLOÎTRE SAINT—BENOÎT, Nº 4.

JUIN 1827.

TABLE.

FIN DE LA TABLE.

AVANT-PROPOS.

Des trois publications que j'ai faites cette année, l'une est un ouvrage nouveau; les deux autres sont de nouvelles éditions d'ouvrages publiés précédemment.

L'ouvrage nouveau est intitulé :

Le Régulateur de la direction qu'on doit donner à l'emploi de notre puissance amortissante.

Les deux autres ouvrages sont intitulés :

De la Création des 3 pour cent, et de l'annihilation des rachats de rentes, dans leurs rapports avec les rentiers, les indemnisés, les contribuables et l'État.

Moyen d'obtenir le bien voulu par le Roi, et de parer aux maux produits par M. de Villèle.

Le second de ces trois ouvrages renferme, outre des *généralités* sur la matière, un examen approfondi de la *spécialité* de la position rentière dans

1

laquelle nous nous trouvons par suite des dispositions financières de M. de Villèle. On peut le considérer comme une introduction applicable à cha-
cun des deux autres ouvrages.

Le premier et le troisième ouvrages ont pour but
de diminuer les maux *inhérens* à l'exécution des
dispositions financières de M. deVillèle.

L'amélioration qui résulterait de la direction
tracée dans le premier ouvrage présuppose le
maintien, sans aucune modification, de la loi de
1825 relative à la conversion, et ne repose que sur
la plus favorable des directions dont la loi laisse
la latitude de choix.

Le troisième ouvrage présuppose des modifications à la loi.

Je ne dissimule pas que, dans l'état actuel, l'espoir de ces modifications peut être presque consi-
déré comme un *rêve*.

Qui proposerait ces modifications?

Certes, ce ne serait pas M. de Villèle qui les *pro-
voquerait* ou les *conseillerait*.

Son obstination est maintenant tellement avérée qu'on pourrait croire qu'il se dit à lui-même :

PÉRISSE PLUTOT LA FRANCE QU'UN SEUL DE MES PRINCIPES. .

Ce ne serait pas la Chambre des Députés, à laquelle bien certainement le ministère ne les proposerait pas.

Serait-ce la *noble* et *vénérée* Chambre des Pairs?

Elle ne le pourrait point.

En matière de finances, toute *initiative* lui est interdite.

Cependant, hasarderait-elle une *humble supplique?*

Le Gouvernement ne ferait encore aucune proposition, *M. de Villèle tenant.*

Elle doit être bien convaincue qu'avec le ministère actuel cette tentative serait *infructueuse.*

Qu'en conclure ?

Qu'aucune perspective d'*amélioration*, qu'au-

cuns moyens de parer aux maux actuels ne pour-
raient jamais servir d'aliment à nos espoirs;

Tant que le ministère ne changera pas de *direction*; changement qu'il n'opèrera pas plus qu'il
n'a découvert encore la *pierre philosophale*;

Ou tant qu'il n'abandonnera pas *volontairement*
ou *forcément* le timon de nos affaires, qu'il a tellement *embrouillées*, qu'il faudrait aujourd'hui plus
que de l'*aveuglement* pour le voir, sans de vives
inquiétudes, plus long-temps entre les mains d'un
tel nautonier.

Bonne étoile de la France !

Ayez pitié de notre position ;

Ne nous abandonnez pas ;

SAUVEZ-NOUS.

Mais quel trait de lumière vient subitement dessiller mes yeux, en reportant ma *pensée* à la

SOURCE DE TOUS BIENS !

SIRE,

Le voile se déchire, et nous entrevoyons avec la plus vive reconnaissance, les nouvelles actions de grâces que nous allons avoir à rendre à Votre Majesté.

Déjà nous sommes bien pénétrés de cette vérité :

Tout ce qui est bien vient uniquement du Roi ;

Tout ce qui est mal est uniquement l'œuvre des ministres.

Votre Majesté a voulu la liberté de la Presse ; les bénédictions unanimes de la France vous ont proclamé le Roi Bien-Aimé.

C'est Votre Majesté qui, la première, a eu la pensée de la juste et politique mesure des indemnités.

Ce sera Votre Majesté qui, pour faire exécuter ses vénérables volontés, ordonnera l'adoption de la seule voie qui maintenant puisse conduire à l'accomplissement de la mesure de justice que votre cœur a suggérée à Votre Majesté pour ses compagnons d'infortune, et pour la plus grande prospérité de l'ensemble de vos peuples.

Qui oserait résister à de tels ordres, à moins d'une abnégation absolue de tout sentiment français, surtout quand on peut apprécier, sans peine, la facilité et le bienfait de leur exécution ?

Si, néanmoins, quelques résistances se présentaient, les personnes véritablement dévouées au Roi et à la prospérité de la France ramasseraient le gant, et soutiendraient la lutte jusqu'à ce que la conviction ait germé dans toutes les âmes

La France, sous un Roi bien aimé, ne désespérera point des moyens possibles d'obtenir le bien voulu par le Roi, et de parer aux maux produits par M. de Villèle.

Nobles Compagnons de L'INFORTUNE!

Le Roi vous a promis indemnité, vous l'obtiendrez nonobstant toutes les déceptions dont le ministère a cherché à envelopper ce royal bienfait : et la France qui, à raison de ce nouveau sacrifice, a compté sur la compensation qui lui avait été annoncée, ne sera pas plus que vous FRUSTRÉE dans son *juste espoir* :

« Une indemnité fractionelle, un simple se-
» cours accordé au malheur n'atteindrait pas le
» but qne le Roi se propose, et vers lequel doivent
» tendre nos efforts... les anciens propriétaires se-
» raient encore dépouillés... il faut donc que le
» capital de l'indemnité représente approximati-
» vement le capital de la valeur pèrdue : alors les
» divisions et les haines s'éteindraient sans retour ;
» les deux classes de propriétés verraient s'opérer
» la fusion conciliatrice ; et l'union et la paix,
» sources premières de toutes les prospérités, s'af-
» fermiraient, »

(Communication officielle.)

MOYENS

D'OBTENIR

LE BIEN VOULU PAR LE ROI,

ET DE PARER AUX MAUX

PRODUITS PAR M. DE VILLÈLE.

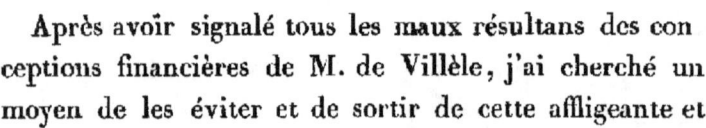

Après avoir signalé tous les maux résultans des conceptions financières de M. de Villèle, j'ai cherché un moyen de les éviter et de sortir de cette affligeante et longue perspective où il nous a jetés , de gêne et de tourmente.

J'ai cru trouver les moyens de procurer le bien désiré, et d'échapper aux maux qui nous menacent.

Ce serait d'apporter à la disposition de la puissance amortissante quelques modifications qui la rendraient salutaire.

Il faudrait ne plus annihiler les rachats de rentes (j'ai prouvé que les annihilations tourneraient en surcharges pour les contribuables).

Il s'agirait de diviser l'action de la puissance amortissante, et de l'appliquer, par portions relatives, aux rachats et à la libération des rentes des conversions, des rentes de l'indemnité, et des rentes 5 pour cent (ce serait pourvoir à une libération complète, et cela ne serait que trop juste).

A la faveur de ces seules modifications,

Le capital d'un milliard serait intégralement acquitté pour l'indemnité ;

Les rentes des conversions et les rentes non converties seraient toutes rachetées ou remboursées ;

Et cette complète libération serait opérée en 27 années.

Que de maux on éviterait ! Que de biens et d'avantages on obtiendrait !

C'est dans le but d'éviter ces maux et de nous procurer ces avantages que, d'après ces bases, j'ai conçu et rédigé un plan de libération que je produis ici avec tous ses détails.

BASES GÉNÉRALES

DU NOUVEAU PLAN.

La masse des libérations à effectuer se compose de

Rentes 3 pour cent provenant des indemnités ;

Rentes 3 pour cent provenant des conversions ;

Rentes 5 pour cent non converties.

Pour libérer l'État de ces diverses rentes, j'adopte pour les convertis la voie de l'*amortissement*, et pour les indemnisés et les non-convertis la voie du *remboursement*, parce que c'est la seule qui puisse parer aux chances de l'*éventualité*.

Cette distinction dans les modes de libération est autant fondée sur les *convenances* que sur la *justice*;

En effet,

Les 3 pour cent des indemnités,

Les 3 pour cent des convertis,

Et les 5 pour cent des non convertis,

Ne peuvent être assimilés sous aucun rapport ; la nature de leur *origine* et les modifications qu'a éprouvées leur *essence* doivent nécessairement avoir de l'*influence* sur leur aspect et sur l'action des *puissances* de libération auxquelles ces dettes diverses doivent être soumises.

Les indemnités ont été fixées à un milliard , mais le revenu de ce capital n'est servi jusqu'à libération que sur le pied de 3 pour cent : leur mode de libération doit par cela même être exempt de toutes chances de perte ; et par suite le mode d'amortissement ne peut pas leur être justement appliqué ; le mode de remboursement est le seul qui puisse remplir envers elles la mesure de justice et de *politique* voulue par le Roi.

Quant aux 5 pour cent, puisqu'on leur ôte la chance favorable de l'*élévation* du cours au-dessus du pair , la réciprocité exige que l'on ne les soumette pas à la chance défavorable d'une *détérioration* du cours au-dessous du *pair*.

Dans cet état de choses, le seul mode juste et raisonnable de libération à leur égard est le remboursement , et non l'amortissement.

Quant aux convertis, ce sont les *seuls* qui doivent être *soumis* à un mode de libération sujet à chances de *baisse* ou de *hausse*, suivant le besoin de la place, parce que cette alternative est inhérente à leur essence.

Étant donnés au cours vénal de 75 fr. pour 3 fr., les 3 pour cent de conversion ont une chance de bénéfice de 45 fr. pour chaque 3 fr.; ils ne peuvent donc être exempts des chances de perte, le cas échéant; la réciprocité de justice le veut ainsi.

Ma base de libération pour les indemnisés est un milliard de capital pour les 30 millions de rentes qui leur sont accordés.

En cela je fais non-seulement une chose juste et équitable, mais en outre une chose *politique*.

En effet, après avoir dit que le capital de l'indemnité doit représenter le milliard montant en capital des pertes résultantes des confiscations, M. de Villèle ajoute :

« Une indemnité fractionnelle, un simple secours
« accordé au malheur n'atteindrait pas le but que le Roi
« se propose, et vers lequel doivent tendre nos efforts...
« Les anciens propriétaires seraient encore dépouillés...
« il faut donc que le capital de l'indemnité représente
« approximativement le capital de la valeur perdue :
« alors les divisions et les haines s'éteindraient sans re-
« tour ; les deux classes de propriété verraient s'opérer
« la fusion conciliatrice ; et l'union et la paix, sources
« premières de toutes les prospérités, s'affermiraient. »

C'est sans doute par une conviction intime de la justice et de l'avantage de semblables résultats que M. de

Villèle a toujours, pendant la discussion de la loi de conversion, fait espérer à MM. les indemnisés qu'ils rece-
vraient avant dix années le milliard qui constitue le capital de leur créance.

Toutefois, et malgré ces assurances ministérielles, les
indemnisés n'auraient bien réellement que la chance défavorable de ne recevoir qu'une somme moindre que le
capital qui leur est dû, et surtout celle de ne recevoir
cette portion, quelle qu'en fût l'importance, qu'en un laps
de temps bien plus prolongé que celui qu'on leur a signalé
comme devant exister ; ce qui élèverait leur perte à plus
de 50 pour cent de leur créance.

La première de ces chances n'existera plus pour les
indemnisés, puisque par suite des nouveaux plans leur
remboursement sera d'un milliard et ne pourra dans
aucun cas être d'une moindre somme.

Relativement aux époques de la complète libération,
il aurait été par trop déraisonnable de la part des indemnisés de se flatter d'obtenir, comparativement aux autres
créanciers de l'État, plus de faveur qu'eux dans le rap-
prochement de l'époque de leur libération ; sous ce rapport, j'améliore leur position de telle manière que, sans
faire d'injustice à leurs concurrens, je leur accorde plus
même que justement ils auraient pu avoir le droit d'espérer ; la durée de la libération générale sera pour eux,
comme pour les autres porteurs de rentes de toute nature, à-peu-près la même qu'elle aurait été pour ces der-
niers, avant la proposition des indemnités.

Par suite de ces considérations j'établirai, entre les 3 pour cent des convertis, les 3 pour cent des indemnités, et les 5 pour cent non convertis, le partage de la puissance amortissante, d'après l'importance de la dette basée sur l'évaluation du capital nominal de ces rentes.

Cette puissance amortissante serait, sans annihilations annuelles, telle que, d'après le rapport du comité de surveillance de la caisse d'amortissement, elle existait au 22 juin 1825, savoir de

$$77,503,204. \text{ fr.}$$

Le partage de cette puissance s'établirait d'après ces bases :

L'ensemble de notre dette rentière, calculée au taux nominal, résultant des rentes 3 et 5 pour cent non rachetées, était, au 22 juin 1825, ainsi qu'il suit :

3 pour cent de conversions.

Émis pour conversion.	24,459,035. fr.
Rachetés avant le 22 juin 1825. .	433,097.
Restait.	24,025,938. fr.

Qui au taux nominal de 100. fr. pour 3. fr. représentent un capital de

$$800,864,601. \text{ fr.}$$

3 pour cent d'indemnités.

~~~~~~~~~~~~~~

30 millions de rentes qui, au taux nominal de 100. fr. pour 3. fr., représentent un capital de

1,000,000,000 fr.

5 pour cent non convertis.

~~~~~~~~~~~~~~

Emission totale.		197,480,266. fr.
A déduire,		
Rachetées avant	fr.	
le 22 juin 1825.	37.070,107.	67,643,901. fr.
Converties. .	30,573,794.	
Restait.		129,836,365. fr.

Qui, au taux nominal de 100. fr. pour 5. fr., représentent un capital de

2,596,727,300. fr.

RÉUNION.

~~~~~~~~~~~~~~

3 pour cent de conversions. . .	800,865,266. fr.
3 pour cent d'indemnités. . .	1,000,000,000.
5 pour cent non convertis. . .	2,596,727,300.
Ensemble.	4,397,592,566. fr.

D'où il résulte que, *proportionnellement*, la puissance amortissante doit être divisée ainsi qu'il suit :

Pour les 3 pour cent des conversions.	14,114,166. fr.
Pour les 3 pour cent des indemnités, et pour les 5 pour cent non convertis.	63,389,038. fr.
Ensemble.	77,503,204. fr.

Je distrairai de la masse des rentes 5 pour cent, les rentes des hospices et des majorats qui ne doivent pas être remboursées, et dont l'importance s'élève, d'après les données ministérielles, à 20 millions.

~~~~~~~~~~~~~~~~~~~

2

BASES PARTICULIÈRES

DU NOUVEAU PLAN,

dans ses rapports avec les 5 pour cent, et les 3 pour cent des indemnisés.

nnnnnnnnnn

Voici quelles seraient, en ce qui concerne les indemnisés et les 5 pour cent, les dispositions particulières de ce nouveau plan.

1°. Le revenu des indemnisés, en attendant la libération de la dette en capital, serait, conformément aux fixations des conceptions financières de M. de Villèle, de

30,000,000. fr.

2° La libération en capital de la dette des indemnisés serait *intégrale ;* et s'élèverait, conformément à l'évaluation du gouvernement, à

1,000,000,000. fr.

3° La portion de puissance amortissante, afférente aux 3 pour cent des indemnités et des 5 pour cent non convertis, s'élèverait, ainsi que nous l'avons vu dans les bases générales, à

63,389,038. fr.

4° Le capital nominal qui devrait être éteint avec cette puissance amortissante se compose ainsi qu'il suit :

   ' Capital nominal des 109,836,365. fr. de rentes 5 pour cent non convertics, défalcation faite des rachats, des conversions, et des 20 millions des hospices et des majorats. . . . . 2,196,727,300. fr.

    Capital nominal des indemnités, s'élevant, d'après l'évaluation du gouvernement, à. . . . . . . 1,000,000,000. fr.

       Ensemble. . . . . 3,196,727,300. fr.

5° Le partage des 63,389,038. fr. de puissance amortissante serait tel que l'achèvement de la libération des 3 pour cent des indemnités et des 5 pour cent non convertis aurait lieu à la même époque.

       Pour atteindre ce but,

    La portion de puissance amortissante afférente aux 3 pour cent provenant des indemnités serait de. . . . . 24,337,777. fr.

    Et la portion afférente aux 5 pour cent serait de. . . . . 39,051,261. fr.

       Ensemble . . . . . . 63,389,038. fr.

6° Les époques de remboursement seraient fixées an-
nuellement par des tirages au sort.

L'importance de ces remboursemens suivrait une pro-
gression croissante , par suite de la capitalisation des arrérages des rachats.

NOUVEAU PLAN
DE LIBÉRATION.

***

LIBÉRATION

Des 3 pour cent

DES INDEMNITÉS.

***

OBSERVATIONS.

On pourra remarquer, dans la composition des fonds
du remboursement, des *sommes pour intéréts*, et l'on
pourra s'en rendre aisément raison, si l'on veut bien
considérer que chaque remboursement annuel s'opérant de mois en mois, dans tout le courant de l'année
(le trésor faisant les fonds par douzième), la caisse
obtient, nécessairement, en accroissement de ses capitaux et par leur emploi en remboursement de rentes
3 pour cent, l'intérêt attaché à ces mêmes rentes pour
le temps qui reste à courir à compter de cet emploi
jusqu'à la fin de l'année ou l'achèvement du remboursement annuel.

Pour être exact en tous points, j'ai donc dû calculer
ces sommes d'intérêts, et j'ai dû les calculer ici au taux
de 3 pour cent par an.

LIBÉRATION

des 3 pour cent des indemnités,

par 2⁷ remboursemens annuels.

I⁰ʳ REMBOURSEEMENT ANNUEL.

fr.

Dotation fixe.	24,337,777.
Intérêt de 6 mois à 3 p. c.	365,066.

Arrérages des rachats de rentes 3 pour cent.

ᴜᴜᴜ fr.	Ensemble.	24,702,843.
720,000.	Capital à éteindre . . .	24,000,000.
	Reste en caisse	702,843.

IIᵉ REMBOURSEMENT ANNUEL.

fr.

Restant en caisse. . . .	702,843.
Intérêts à 3 pour cent . .	21,685.
Arrérages des rachats. . .	720,000.
Intérêt de 3 mois à 3 p. c.	5,400.
Dotation fixe et intérêts. .	24,702,843.

	Ensemble.	26,152,171.
780,000.	Capital à éteindre . . .	26,000,000.
1,500,000.	Reste en caisse.	152,171.

IIIe REMBOURSEMENT ANNUEL.

fr.

Arrérages des rachats de rentes 3 pour cent.	Restant en caisse. . . .	152,171.
	Intérêts. . , ...	4,565.
	Arrérages des rachats. . .	1,500,000.
ᴡᴡᴡ fr.	Intérêts.	11,250.
1,500,000.	Dotation fixe et intérêts. .	24,702,843.
	Ensemble.	26,370,829.
780,000.	Capital à éteindre . . .	26,000,000.
2,280,000.	Reste en caisse	370,829.

IVe REMBOURSEMENT ANNUEL.

fr.

	Restant en caisse. . . .	370,829.
	Intérêts.	11,125.
	Arrérages des rachats . .	2,280,000.
	Intérêts.	17,100.
	Dotation fixe et intérêts. .	24,702,843.
	Ensemble.	27,381,897.
810,000.	Capital à éteindre . . .	27,000,000.
3,090,000.	Reste en caisse	381,897.

V^e. REMBOURSEMENT
ANNUEL.

fr.

Arrerages des rachats de rentes 5 pour cent.	Restant eu caisse. . . .	381,897.
	Intérêts	11,456.
	Arrérages des rachats . .	3,090,000.
mm fr.	Intérêts	23,175.
3,090,000.	Dotation fixe et intérêts. .	24,702,843.
	Ensemble.	28,209,371.
840,000.	Capital à éteindre . . .	28,000,000.
3,930,000.	Reste en caisse	209,371.

VIe. REMBOURSEMENT
ANNUEL.

fr.

	Restant en caisse. . . .	209,371.
	Intérêts	6,281.
	Arrérages des rachats . .	3,930,000.
	Intérêts	29,475.
	Dotation fixe et intérêts. .	24,702,843.
	Ensemble.	28.877,970.
840,000.	Capital à éteindre. . . .	28,000,000.
4,770,000.	Reste en caisse.	877,970.

VIIe. REMBOURSEMENT
ANNUEL.

fr.

Arrérages des rachats de rentes 5 pour cent.	Restant en caisse. . . .	877,970.
	Intérêts.	26,339.
wwww f.	Arrérages des rachats. . .	4,770,000.
4,770,000.	Intérêts.	35,775.
	Dotation fixe et intérêts. .	24,702,843.
	Ensemble. . . , . .	30,412,927.
900,000.	Capital à éteindre . . .	30,000,000..
5,670,000.	Reste en caisse.. . . .	412,927.

VIIIe. REMBOURSEMENT
ANNUEL.

fr.

	Restant en caisse. . . .	412,927.
	Intérêts	12,387.
	Arrérages des rachats. . .	5,670,000.
	Intérêts.	42,525.
	Dotation fixe et intérêts. .	24,702,843.
	Ensemble.	30,840,682.
900,000.	Capital à éteindre. . .	30,000,000.
6,570,000.	Reste en caisse.	840,682.

IXe. REMBOURSEMENT
ANNUEL.

		fr.
Arrérages des rachats de rentes	Restant en caisse. . . .	840,682.
3 pour cent.	Intérêts	25,220.
~~ fr.	Arrérages des rachats. . .	6,570,600.
6,570,000.	Intérêts.	48,675.
	Dotation fixe et intérêts.	24,702,843.
	Ensemble.	32,188,020.
960,000.	Capital à éteindre. . . .	32,000,000.
7,530,000.	Reste en caisse. . . .	188,020.

Xe REMBOURSEMENT
ANNUEL.

		fr.
	Restant en caisse. . . .	188,020.
	Intérêts. :	5,640.
	Arrérages des rachats. .	7,530,000.
	Intérêts.	56,475.
	Dotation fixe et intérêts. .	24,702,843.
	Ensemble.	32,482,978.
960,000.	Capital à éteindre. . . .	32,000,000.
8,490,000.	Reste en caisse.	482,978.

XIe REMBOURSEMENT ANNUEL.

		fr.
	Restant en caisse. . . .	482,978.
Arrérages des rachats de rentes	Intérêts.	14,489.
3 pour cent.	Arrérages des rachats. . .	8,490,000.
~~ fr.	Intérêts.	63,675.
8,490,000.	Dotation fixe et intérêts. .	24,702,843.
	Ensemble.	33,753,985.
990,000.	Capital à éteindre. . . .	33,000,000.
9,480,000.	Reste en caisse	753,985.

XIIe REMBOURSEMENT ANNUEL.

		f..
	Restant en caisse. . . .	753,985.
	Intérêts.	22,619.
	Arrérages des rachats. . .	9,480,000.
	Intérêts.	71,100.
	Dotation fixe et intérêts. .	24,702,843.
	Ensemble.	35,030,547.
1,050,000.	Capital à éteindre. . . .	35,000,000.
10,530,000.	Reste en caisse.	30,547.

XIIIe REMBOURSEMENT
ANNUEL.

		fr.
Arrérages des rachats de rentes 3 pour cent.	Restant en caisse. . . ,	30,547.
	Intérêts.	916.
	Arrérages des rachats. . .	10,530,000.
www fr.	Intérêts.	78,975.
10,530,000.	Dotation fixe et intérêts. .	24,702,843.
	Ensemble.	35,343,281.
1,050,000.	Capital à éteindre. . . .	35,000,000.
11,580,000.	Reste en caisse.	343,281.

XIVe REMBOURSEMENT
ANNUEL.

		fr.
	Restant en caisse. . . .	343,281.
	Intérêts. . . . . , . .	10,298.
	Arrérages des rachats . .	11,580,000.
	Intérêts.	86,850.
	Dotation fixe et intérêts. .	24,702,843.
	Ensemble.	36,723,272.
1.080,000.	Capital à éteindre . . .	36,000,000.
12,660,000.	Reste en caisse . . . ' .	723,272.

XVe REMBOURSEMENT
ANNUEL.

		fr.
	Restant en caisse. . . .	723,272.
Arrérages des rachats de rentes 3 pour cent.	Intérêts.	21,698.
	Arrérages des rachats. . .	12,660,000.
www fr.	Intérêts.	94,950.
12,660,000.	Dotation fixe et intérêts. .	24,702,843.
	Ensemble.	38,202,763.
1,140,000.	Capital à éteindre. . . .	38,000,000.
13,800,000.	Reste en caisse	202,763.

XVIe REMBOURSEMENT
ANNUEL.

		fr.
	Restant en caisse. . . .	202,763.
	Intérêts.	6,082.
	Arrérages des rachats. . .	13,800,000.
	Intérêts.	103,500.
	Dotation fixe et intérêts. .	24,702,843.
	Ensemble.	38,815,188.
1,140,000.	Capital à éteindre. . . .	38,000,000.
14,940,000.	Reste en caisse.	815,188.

XVIIe REMBOURSEMENT
ANNUEL.

fr.

		fr.
Arrérages des rachats de rentes 3 pour cent,	Restant en caisse. . . .	8١5,١88.
	Intérêts.	24,455.
	Arrérages des rachats. . .	١4,940,000.
\~\~ fr.	Intérêts.	١١2,o5o.
١4,940,000.	Dotation fixe et intérêts. .	24,7o2,843.
	Ensemble.	4o,5g4,536.
١,200,000.	Capital à éteindre. . . .	4o,ooo,ooo.
16,140,000.	Reste en caisse.	5g4,536.

XVIIIe REMBOURSEMENT
ANNUEL.

		fr.
	Restant en caisse. . . .	5g4,536.
	Intérêts.	١7,836.
	Arrérages des rachats. . .	١6,١4o,ooo.
	Intérêts.	١2١,o5o.
	Dotation fixe et intérêts. .	24,7o2,843.
	Ensemble.	4١,576,265.
١,23o,ooo.	Capital à éteindre. . . .	4١,ooo.ooo.
١7,37o,ooo.	Reste en caisse	576,265.

XIXe REMBOURSEMENT ANNUEL.

		fr.
Arrérages des rachats de rentes 3 pour cent.	Restant en caisse. . . ,	576,265.
	Intérêts.	17,287.
	Arrérages. des rachats. .	17,370,000.
WWW fr.	Intérêts.	130,275.
17,370,000.	Dotation fixe et intérêts. .	24,702,843.
	Ensemble.	42,796,670.
1,260,000.	Capital à éteindre. . . .	42,000,000.
18,630,000	Reste en caisse. . . .	796,670.

XXe REMBOURSEMENT ANNUEL.

		fr.
	Restant en caisse. / . .	796,670.
	Intérêts.	23,900.
	Arrérages des rachats . .	18,630,000.
	Intérêts.	139,725.
	Dotation fixe et intérêts. .	24,702,843.
	Ensemble.	44,293,138.
1,320,000.	Capital à éteindre. . . .	44,000,000.
19,950,000.	Reste en caisse. . . .	293,138.

XXIe REMBOURSEMENT
ANNUEL.

		fr.
Arrérages des rachats de rentes 3 pour cent.	Restant en caisse. . . .	293,138.
	Intérêts.	8,794.
⁓⁓⁓ fr.	Arrérages des rachats. . .	19,950,000.
19,950,000.	Intérêts.	149,625.
	Dotation fixe et intérêts. .	24,702,843.
	Ensemble.	45,104,400.
1,350,000.	Capital à éteindre. . .	45,000,000.
21,300,000.	Reste en caisse. . . .	104,400.

XXIIe REMBOURSEMENT
ANNUEL.

		fr.
	Restant en caisse. . .	104,400.
	Intérêts.	3,132.
	Arrérages des rachats. .	21,300,000.
	Intérêts. . . . . ,	159,750.
	Dotation fixe et intérêts. .	24,702,843.
	Ensemble.	46,270,125.
1,380,000.	Capital à éteindre . . .	46,000,000.
22,680,000.	Reste en caisse	270,125.

XXIIIe REMBOURSEMENT ANNUEL.

		fr.
Arrérages des rachats de rentes 3 pour cent.	Restant en caisse. . . .	270,125.
	Intérêts.	8,103.
	Arrérages des rachats. . .	22,680,000.
wwww fr.	Intérêts.	170,100.
22,680,000.	Dotation fixe et intérêts. .	24,702,843.
	Ensemble.	47,831,171.
1,410,000.	Capital à éteindre. . . .	47,000,000.
24,090,000.	Reste en caisse	831,171.

XXIVe REMBOURSEMENT ANNUEL.

		fr.
	Restant en caisse. . . .	831,171.
	Intérêts.	24,935.
	Arrérages des rachats . .	24,090,000.
	Intérêts.	180,675.
	Dotation fixe et intérêts. .	24,702,843.
	Ensemble.	49,829,624.
1,470,000.	Capital à éteindre . . .	49,000,000.
25,560,000.	Reste en caisse.	829,624.

XXVe REMBOURSEMENT
ANNUEL.

fr.

Arrérages des rachats de rentes 3 pour cent.	Restant en caisse. . . .	829,624.
	Intérêts.	24,888.
	Arrérages des rachats . .	25,560,000.
~~ fr.	Intérêts.	191,700.
25,560,000.	Dotation fixe et intérêts. .	24,702,843.
	Ensemble.	51,309,055.
· 1,530,000	Capital à éteindre. . . .	51,000,000.
·27,090,000.	Reste en caisse	309,055.

————◄◦►————

XXVIe REMBOURSEMENT
ANNUEL.

1

fr.

·	Restant en caisse. . . .	309,055.
·	Intérêts.	9,271.
·	Arrérages des rachats . .	27,090,000.
·	Intérêts.	203,175.
··	Dotation fixe et intérêts. .	24,702,843.
·	Ensemble.	52,314,344.
1,560,000.	Capital à éteindre . . .	52,000,000.
28,650,000.	Reste en caisse	314,344.

————◄◦►————

XXVIIe REMBOURSEMET

ANNUEL.

		fr.
Arrérages des rachats de rentes 3 pour cent.	Restant en caisse	314,344.
	Intérêts.	4,715.
	Arrérages des rachats . .	14,325,000.
~~ fr.	Intérêts.	53,715.
28,650,000.	Dotation fixe et intérêts. .	30,302,226.
	Ensemble.	45,000,000.
1,350,000.	Capital à éteindre . . .	45,000,000.
30,000,000.	Balance de caisse. . . .	zéro.

NOUVEAU PLAN

DE LIBÉRATION.

————————

LIBÉRATION

Des cinq pour cent.

————•————

OBSERVATIONS.

On pourra remarquer, dans la composition des fonds du remboursement, *des sommes pour intérêts*, et l'on pourra s'en rendre aisément raison, si l'on veut bien considérer que chaque remboursement annuel s'opérant de mois en mois, dans tout le courant de l'année (le trésor faisant les fonds par douzième), la caisse obtient, nécessairement, un accroissement de ses capitaux, et par leur emploi immédiat en remboursement de rentes 5 pour cent, l'intérêt attaché à ces mêmes rentes pour le temps qui reste à courir, à compter de cet emploi, jusqu'à la fin de l'année ou l'achèvement du remboursement annuel.

Pour être exact en tous points, j'ai donc dû calculer ces sommes d'intérêts, et j'ai dû les calculer ici au taux de 5 pour cent par an.

∿∿∿ ∿∿∿ ∿∿∿∿

LIBÉRATION

des 5 pour cent

par 27 remboursemens annuels.

──────◄○►──────

Ier REMBOURSEMENT

ANNUEL.

		fr.
	Dotation fixe.	39,051,261.
Arrérages des rachats de rentes 5 pour cent.	Intérêts de 6 mois à 5 p. c.	976,282.
~~ fr.	Ensemble.	40,027,543.
2,000,000.	Capital à éteindre. . . .	40,000,000.
	Reste en caisse	27,543.

──────◄○►──────

IIe REMBOURSEMENT

ANNUEL.

		fr.
	Restant en caisse. . . .	27,543.
	Intérêts de 6 mois à 5 p. c.	1,377.
	Arrérages des rachats. . .	2,000,000.
	Intérêts de 3 mois à 5 p. c.	25,000.
	Dotation fixe et intérêts. .	40,027,543.
	Ensemble.	42,081,463,
2,100,000.	Capital à éteindre. . . .	42,000,000.
4,100,000.	Reste en caisse	81,463.

──────◄○►──────

IIIe REMBOURSEMENT
ANNUEL.

fr.

Arrérages des rachats de rentes 5 pour cent.	Restant en caisse. . . .	81,463.
	Intérêts.	4,073.
	Arrérages des rachats. . .	4,100,000.
,,,,,, fr.	Intérêts.	51,250.
4,100,000.	Dotation fixe et intérêts. .	40,027,543.
	Ensemble.	44,264,329.
2,200,000.	Capital à éteindre . . .	44,000,000.
6,300,000.	Reste en caisse. ⟩ . . .	264,329.

IVe REMBOURSEMENT
ANNUEL.

fr.

	Restant en caisse. . . .	264,329.
	Intérêts.	13,216.
	Arrérages des rachats. . .	6,300,000.
	Intérêts.	78,750.
	Dotation fixe et intérêts. .	40,027,543.
	Ensemble.	46,683,838.
2,300,000.	Capital à éteindre. . . .	46,000,000.
8,600,000.	Reste en caisse	683,838.

Ve REMBOURSEMENT
ANNUEL.

fr.

Arrérages	Restant en caisse. . . .	683,838.
des rachats	Intérêts.	34,191.
de rentes		
5 pour cent.	Arrérages des rachats . .	8,600,000.
⁓⁓ fr.	Intérêts.	107,500.
8,600,000.	Dotation fixe et intérêts. .	40,027,543.
	Ensemble.	49,453,072.
2,450,000.	Capital à éteindre. . . .	49,000,000.
11,050,000.	Reste en caisse	453,072.

VIe REMBOURSEMENT
ANNUEL.

fr.

	Restant en caisse. . . .	453,072.
	Intérêts.	22,653.
	Arrérages des rachats . .	11,050,000.
	Intérêts.	138,125.
	Dotation fixe et intérêts. .	40,027,543.
	Ensemble.	51,691,393.
2,550,000.	Capital à éteindre. . . .	51,000,000.
13,600,000.	Reste en caisse	691,393.

VIIe REMBOURSÉMENT ANNUEL.

		fr.
Arrérages des rachats de rentes 5 pour cent.	Restant en caisse. . . .	691,393
	Intérêts.	34,569
	Arrérages des rachats. . .	13,600,000
₥ fr.	Intérêts.	170,000.
13,600,000.	Dotation fixe et intérêts. .	40,027,543.
	Ensemble.	54,523,505.
2,700,000.	Capital à éteindre. . . .	54,000,000.
16,300,000.	Reste en caisse. . . .	523,505.

VIIIe REMBOURSEMENT ANNUEL.

		fr.
	Restant en caisse. . . .	523,505.
	Intérêts.	26,175.
	Arrérages des rachats. .	16,300,000.
	Intérêts.	203,750.
	Dotation fixe et intérêts. .	40,027,543.
	Ensemble.	57,080,973.
2,850,000.	Capital à éteindre . . .	57,000,000.
19,150,000.	Reste en caisse.	80,973.

IXe REMBOURSEMENT ANNUEL.

fr.

		fr.
Arrérages des rachats de rentes 5 pour cent.	Restant en caisse. . . .	80,973.
	Intérêts.	4,048.
	Arrérages des rachats. . .	19,150,000.
◇◇◇◇ fr.	Intérêts.	239,375.
19,150,000.	Dotation fixe et intérêts. .	40,027,543.
	Ensemble.	59,501,939.
2,950,000.	Capital à éteindre . . .	59,000,000.
22,100,000.	Reste en caisse	501,939.

Xe REMBOURSEMENT ANNUEL.

fr.

		fr.
	Restant en caisse . . .	501,939.
	Intérêts. . . . , . .	25,096.
	Arrérages des rachats . .	22,100,000.
	Intérêts.	276,250.
	Dotation fixe et intérêts. .	40,027,543.
	Ensemble.	62,930,828.
3,100,000.	Capital à éteindre. . .	62,000,000.
25,200,000.	Reste en caisse. . . .	930,828.

XIe REMBOURSEMENT

ANNUEL.

fr.

Arrérages des rachats de rentes 5 pour cent.	Restant en caisse. . . .	930,828.
	Intérêts.	46,541.
	Arrérages des rachats. .	25,200,000.
~~ fr.	Intérêts.	315,000.
25,200,000.	Dotation fixe et intérêts. .	40,027,543.
	Ensemble.	66,519,912.
3,300,000.	Capital à éteindre. . . r	66,000,000.
28,500,000.	Reste en caisse. . . .	519,912.

XIIe REMBOURSEMENT

ANNUEL.

fr.

	Restant en caisse. . . .	519,912.
	Intérêts.	25,995.
	Arrérages des rachats. .	28,500,000.
	Intérêts.	356,250.
	Dotation fixe et intérêts. .	40,027,543.
	Ensemble.	69,429,700.
3,450,000.	Capital à éteindre. . .	69,000,000.
31,950,000.	Reste en caisse. . . .	429,700.

XIIIe REMBOURSEMENT ANNUEL.

fr.

Arrérages des rachats de rentes 5 pour cent.	Restant en caisse. . . .	429,700.
	Intérêts.	21,485.
	Arrérages des rachats. .	31,950,000.
~~ fr.	Intérêts.	399,375.
31,950,000.	Dotation fixe et intérêts. .	40,027,543.
	Ensemble.	72,828,103.
3,600,000.	Capital à éteindre. . . .	72,000,000.
35,550,000.	Reste en caisse. . . .	828,103.

XIVe REMBOURSEMENT ANNUEL.

fr.

	Restant en caisse. . . .	828,103.
	Intérêts.	41,405.
	Arrérages des rachats. .	35,550,000.
	Intérêts.	444,375.
	Dotation fixe et intérêts. .	40,027,543.
	Ensemble.	76,891,426.
3,800,000.	Capital à éteindre. . .	76,000,000.
39,350,000.	Reste en caisse. . . .	891,426.

XV⁰ REMBOURSEMENT
ANNUEL.

fr.

		fr.
Arrérages des rachats de rentes	Restant en caisse. . . .	891,426.
	Intérêts.	44,571.
5 pour cent.	Arrérages des rachats. . .	39,350,000.
⟶⟶⟶ fr.	Intérêts.	491,875.
39,350,000.	Dotation fixe et intérêts. .	40,027,543.
	Ensemble.	80,805,415.
4,000,000.	Capital à éteindre. . . .	80,000,000.
43,350,000.	Reste en caisse. . . .	805,415.

XVI⁰ REMBOURSEMENT
ANNUEL.

fr.

		fr.
	Restant en caisse. . . .	805,415.
	Intérêts.	40,270.
	Arrérages des rachats. .	43,350,000.
	Intérêts.	541,875.
	Dotation fixe et intérêts.	40,027,543.
	Ensemble.	84,765,103.
4,200,000.	Capital à éteindre. . . .	84,000,000.
47,550,000.	Reste en caisse. . . .	765,103.

XVIIe REMBOURSEMENT ANNUEL.

		fr.
Arrérages des rachats de rentes 5 pour cent.	Restant en caisse. . .	765,103.
	Intérêts.	38,255.
wwww fr.	Arrérages des rachats. .	47,550,000.
47,550,000.	Intérêts.	594,375.
	Dotation fixe et intérêts. .	40,027,543.
	Ensemble.	88,975,276.
4,400,000.	Capital à éteindre. . .	88,000,000.
51,950,000.	Reste en caisse. . . .	975,276.

XVIIIe REMBOURSEMENT ANNUEL.

		fr.
	Restant en caisse. . .	975,276.
	Intérêts.	48,763.
	Arrérages des rachats. .	51,950,000.
	Intérêts.	649,375.
	Dotation fixe et intérêts.	40,027,543.
	Ensemble.	93,650,957.
4,650,000.	Capital à éteindre. . .	93,000,000.
56,600,000.	Reste en caisse. . . .	650,957.

XIXe REMBOURSEMENT

ANNUEL.

fr.

Arrérages des rachats de rentes 5 pour cent.	Restant en caisse. . . .	650,957.
	Intérêts.	32,547.
	Arrérages des rachats . .	56,600,000.
wwv fr.	Intérêts.	707,500.
56,600,000.	Dotation fixe et intérêts. .	40,027,543.
	Ensemble.	98,018,547.
4,900,000.	Capital à éteindre . . .	98,000,000.
61,500,000.	Reste en caisse	18,547.

XXe REMBOURSEMENT

ANNUEL.

fr.

	Restant en caisse. . . .	18,547.
	Intérêts.	927.
	Arrérages des rachats . .	61,500,000,
	Intérêts.	768,746.
	Dotation fixe et intérêts. .	40,027,543.
	Ensemble.	102,315,763.
5,100,000.	Capital à éteindre . . .	102,000,000.
66,600,000.	Reste en caisse	315,763.

XXIe REMBOURSEMENT
ANNUEL.

fr.

Arrérages des rachats de rentes 5 pour cent.	Restant en caisse. . . .	315,763.
	Intérêts.	15,788.
vmm fr.	Arrérages des rachats . .	66,600,000.
66,600,000.	Intérêts.	832,500.
	Dotation fixe et intérêts. .	40,027,543.
	Ensemble.	107,791,594.
5.350,000.	Capital à éteindre. . . .	107,000,000.
71,950,000.	Reste en caisse.	791,594.

XXIIe REMBOURSEMENT
ANNUEL.

fr.

	Restant en caisse. . . .	791,594.
	Intérêts.	39,579.
	Arrérages des rachats . .	71,950,000.
	Intérêts.	899,375.
	Dotation fixe et intérêts. .	40,027,543.
	Ensemble.	113,708,091.
5,650,000.	Capital à éteindre. . . .	113,000,000.
77,600,000.	Reste en caisse.	708,091.

XXIIIe REMBOURSEMENT
ANNUEL.

fr.

Arrérages des rachats de rentes 5 pour cent.	Restant en caisse. . . .	708,091.
	Intérêts.	35,404.
	Arrérages des rachats. . .	77,600,000.
vvvvv fr.	Intérêts.	970,000.
77,600,000.	Dotation fixe et intérêts. .	40,027,543.
	Ensemble.	119,341,038.
5,950,000.	Capital à éteindre . . .	119,000,000.
83,550,000.	Reste en caisse	341,038.

XXIVe REMBOURSEMENT
ANNUEL.

fr.

	Restant en caisse. . . .	341,038.
	Intérêts.	17,051.
	Arrérages des rachats . .	83,550,000.
	Intérêts.	1,044,375.
	Dotation fixe et intérêts. .	40,027,543.
	Ensemble.	124,980,007.
6,200,000.	Capital à éteindre. . . .	124,000,000.
89,750,000.	Reste en caisse.	980,007.

XXVᵉ REMBOURSEMENT
ANNUEL.

fr.

Arrérages des rachats de rentes 5 pour cent.		
	Restant en caisse. . . .	980,007.
	Intérèts.	49,000.
	Arrérages des rachats. . .	89,750,000.
ᴡᴡᴡ fr.	Intérèts.	1,121,875.
89,750,000.	Dotation fixe et intérèts. .	40,027,543.
	Ensemble.	131,928,425.
6,550,000.	Capital à éteindre . . .	131,000,000.
96,300,000.	Reste en caisse.	928,425.

XXVIᵉ REMBOURSEMENT
ANNUEL.

fr.

	Restant en caisse. . . .	928,425.
	Intérèts.	46,421.
	Arrérages des rachats . .	96,300,000.
	Intérèts.	1,203,750.
	Dotation fixe et intérèts. .	40,027,543.
	Ensemble.	138,506,139.
6,900,000.	Capital à éteindre. . . .	138,000,000.
103,200,000.	Reste en caisse	506,139.

4

XXVII° REMBOURSEMENT ANNUEL.

		fr.
Arrérages des rachats de rentes	Restant en caisse. . . .	506,139,
	Intérêts. . . . . ,	12,653.
5 pour cent.	Arrérages des rachats. . .	51,600,000.
fr.	Intérêts.	322,500.
103,266,600.	Dotation fixe et intérêts. .	80,286,608.
	Ensemble.	132,727,300.
6,636,365.	Capital à éteindre. . . .	132,727,300.
109,836,565.	Balance de caisse . . .	zéro

OBSERVATIONS.

———❦❖❦———

Pour établir une comparaison exacte entre la durée de l'achèvement de la libération, résultante de cet ordre de combinaisons, et la durée de l'achèvement de la libération, résultante des dispositions et prévisions financières de M. de Villèle, il faut ajouter à la première les deux années au plus nécessaires pour la libération des 20 millions de rentes des hospices et des majorats qui ne se trouvent pas comprises dans la masse des rentes à éteindre.

En effet pour la libération de ces 20 millions de rentes qui représentent un capital nominal de

400 millions.

On aurait pour puissance amortissante à la fin des vingt-sept remboursemens.

434,678,938. fr.

Composés comme il suit :

Arrérages des rachats en rentes 5 pour cent, et en rentes 3 p. 100 des conversions et des indemnités. 139,836,265. f.

Dotation fixe. . . . . 77,503,204.

Ensemble. . . . , · · . 217,339,469. f.

Pour deux années. . . . . . 434,678,938. f.

Capital excédant de plus de 34 millions le capital nominal des 20 millions des hospices et des majorats.

———❦❖❦———

CONCLUSIONS.

Si ce dernier genre d'amélioration nous échappait, soit par *indolence* ou *apathie* de tous ceux qu'il intéresserait, soit par la continuation du genre de *bienveillance* que leur porte le ministère, nous aurions un jour le grave reproche à nous faire d'avoir énormément surchargé les contribuables, sans avoir, en aucuns points, obtenu la seule *compensation* qui nous avait été *promise* relativement à ces énormes surcharges.

« Une indemnité fractionnelle, un simple secours ac-
« cordé au malheur n'atteindrait pas le but que le Roi
« se propose, et vers lequel doivent tendre nos efforts...
« les anciens propriétaires seraient encore dépouillés...
« il faut donc que le capital de l'indemnité représente
« approximativement le capital de la valeur perdue :
« alors les divisions et les haines s'éteindraient sans re-
« tour; les deux classes de propriétés verraient s'opérer
« la fusion conciliatrice; et l'union et la paix, sources
« premières de toutes les prospérités, s'affermiraient. »

(Communication officielle.)

ARMAND SEGUIN.

www.ingramcontent.com/pod-product-compliance
Lightning Source LLC
Chambersburg PA
CBHW061655180626
46818CB00003B/1104